Samedi 9 Avril 1881, à deux heures

HOTEL DROUOT, SALLE N° 6

VENTE

RAVEL

DU PALAIS-ROYAL

Par suite de sa retraite du théâtre

ET POUR CAUSE DE DÉPART

EXPOSITION PUBLIQUE

Le Vendredi 8 Avril 1881

De une heure à cinq heures.

COMMISSAIRE-PRISEUR	EXPERT
Mᵉ CHARLES PILLET,	M. GEORGE
10, rue Grange-Batelière.	12, rue Laffitte.

CATALOGUE

DES

TABLEAUX

AQUARELLES, DESSINS

PAR

F. BONVIN, CHARLET, COROT, DIAZ, J. DUPRÉ, GÉROME,
HENRI MONNIER, PALIZZI, PILS, REGNAULT, SAINT FRANÇOIS, VEYRASSAT,
BAPTISTE, BOUCHER, N. LANCRET, N. VERKOLIË, ETC.

BEAUX MARBRES

Par CLÉSINGER et CARRIER-BELLEUSE

ARGENTERIE — BIJOUX — PORCELAINES

COSTUMES DE THÉATRE ET ACCESSOIRES

MEUBLES

Belle Commode Louis XV : Belle Pendule hollandaise; Cartel en bronze:
Meuble de salon Louis XV, etc. ; Fourrure; Fusil : Livres.

Le tout appartenant à M. RAVEL, du Palais-Royal

DONT LA VENTE POUR CAUSE DE DÉPART AURA LIEU

HOTEL DROUOT, SALLE N° 6,

Le Samedi 9 Avril 1881

A DEUX HEURES.

Par le ministère de Me **CHARLES PILLET**, Commissaire-Priseur,
10, rue de la Grange-Batelière,

Assisté de **M. GEORGE**, Expert, 12, rue Laffitte.

Chez lesquels se trouve le présent Catalogue.

EXPOSITION PUBLIQUE : le Vendredi 8 Avril 1881,
De une heure à cinq heures.

CONDITIONS DE LA VENTE

Elle sera faite au comptant.

Les adjudicataires payeront *cinq pour cent* en sus des enchères

L'exposition mettant le public à même de se rendre compte de
l'état des objets, il ne sera admis aucune réclamation une fois
l'adjudication prononcée.

Paris. — Typ. PILLET et DUMOULIN, 5, rue des Grands-Augustins.

DÉSIGNATION

TABLEAUX MODERNES
DESSINS

BONVIN (F.)

1 — La Priseuse.

 Dessin.

2 — Musicienne.

 Dessin.

CHARLET

3 — La Première Leçon.

COROT

4 — Matinée.

COROT

5 — Les Champs.

DIAZ

6 — Jeune Fille caressant un chien.

DIAZ

7 — Personnages dans un parc.

· DUPRÉ (JULES)

8 — Pâturage.

GÉROME

9 — Femme de Candaule,

Dessin.

10 — Almée du Caire.

Dessin.

LELEUX (ARMAND)

11 — La Leçon de couture.

MONNIER (H.)

12 — Femme et Enfant.

Aquarelle.

MONNIER

13 — Tête de Femme.

Dessin.

PALIZZI

14 — Chèvres dans les vignes.

PALIZZI

15 — Montagnes.

PALIZZI

16 — Chevaux à l'abreuvoir.

Aquarelle.

PILS

17 — La Place Pigalle.

Aquarelle.

REYNAULT (F.)

18 — Italiennes.

ROQUEPLAN (C.)

19 - Port de mer.

Dessin.

SAINT-FRANÇOIS

20 — Une Halte.

VEYRASSAT

21 — Le Retour des Champs

BAPTISTE MONNOYER

22 — Fleurs.

Grand panneau en hauteur.

BOUCHER

23 — Les Saisons.

Esquisse.

MARIO DI FIORI

24 — Deux grands Tableaux, fruits et fleurs.

LANCRET (NICOLAS)

25 — Les Baigneuses.

VERKOLIÉ (NICOLAS)

26 — Tarquin et Lucrèce.

27 — Un Carton de photographies, lithographies, etc.

MARBRES

CLESINGER

28 — Ariane.

Buste ; 1re épreuve.

CLESINGER

29 — La Danseuse.

Statuette ; 1re étude.

CARRIER-BELLEUSE

30 — Eveillée.

Buste de jeune fille.

CARRIER-BELLEUSE

31 — Soucieuse.

Buste de jeune fille.

32 — Belle Colonne-Support, en marbre de couleur avec moulures et ornements rapportés en bronze ciselé et doré.

34-35 — Trois Gaînes. Supports en marbre.

36 — Un Vase en marbre,

ARGENTERIE

37 — Grand et beau gobelet à couvercle, reposant sur trois boules en argent repoussé à têtes d'empereurs romains alternées de trophées d'armes : daté 1684 ; travail allemand.

38 — Petit gobelet à couvercle ; travail allemand.

39 — Deux vases en argent repoussé, époque Louis XIII.

40 — Huilier de l'époque Louis XV.

41 — Deux salières même époque.

42 — Deux salières Louis XVI.

43 — Vingt-quatre petites tasses de divers modèles ; anc. orfévrerie russe.

44 — Grande timbale à figures d'évêques ; travail russe.

45 — Une petite timbale décorée d'oiseaux et de dauphins.

46 — Grande timbale en vermeil ; travail russe.

47 — Petite timbale.

48 — Porte-cigares (moderne).

49 — Grande chope en argent anglais.

50 — Petite chope.

51 — Ancien brûle-parfums.

52 — Tabatière ornée de paysages, travail de Toula.

53 — Ancienne tabatière argent.

54 — Tabatière onyx, montée en vermeil.

55 — Une marmite (vieux Paris).

56 — Un coquetier et sa cuiller argent.

57 — Service de Table en argent composé de :

12 couverts de table, 12 couverts d'entremets, 12 cuil-
lères à café, 1 louche, 1 truelle, 12 couteaux de table,
12 couteaux à dessert à lame d'argent, 6 fourchettes à
huîtres, 8 fourchettes à épices (d'ancien travail) et
18 petites cuillers de Toula.

58 — Un couvert en vermeil et émail, dans son écrin.

59 — Un porte-verre.

60 — Un nécessaire de théâtre en métal.

BIJOUX

61 — Belle paire de pendants d'oreilles, composés chacun
de quatre brillants.

62 — Croix composée de six brillants et petits diamants.

63 — Paires de boucles d'oreilles turquoises et roses.

64 —   id.   émail et perles fines.

65 —   id.   amphores en or.

66 — Très jolie parure Louis XV, composée de :

Boucles d'oreilles émaux avec entourages en pierres fines de couleurs et perles.

Médaillon émaux avec entourages en pierres fines de couleurs et perles.

Et sa chaîne de cou en or ornée de vingt-huit perles fines. Un bracelet orné de trois émaux, entourages en pierres de couleurs et perles.

67 — Bague-chevalière montée de deux brillants et d'une émeraude.

68 — Bague en or mat.

69 — Chaîne de cou et trois médaillons en or : l'un orné de sept brillants, l'autre avec cinq brillants, quatre perles et filets d'émail noir, le troisième avec perle fine entourée d'émeraudes, roses et rubis.

70 — Chaîne de cou en or et médaillon orné de guirlandes en roses.

71 — Médaillon or, saphir, perles et roses.

72 — Bracelet (cercle en or).

73 — Bracelet chaîne or avec médaillon (livre) pour portraits.

74 — Boule de ceinture en or.

75 — Lorgnon en or.

76 — Bracelet, chaîne avec petit médailllon or et perles.

77 — Parure or et malachite, broche et boucles d'oreilles.

78 — Parure en ducats d'or : boucles d'oreilles et boutons de manchettes.

79 — Parure or, rubis et perles, broche et boutons de manchettes.

80 — Parure corail, collier, pendants d'oreilles forme poires, quatre paires boutons de manchettes, deux petits boutons de chemise.

81 — Chaîne corail avec cachet, clef et breloques.

82 — Une montre d'homme en or.

83 — Une montre de dame, or à double boitier.

84 — Une montre Louis XVI or émaillé, entourage en perles.

85 — Sept épingles de cravate, perles fines, diamants, camées, corail.

86 — Broche, mosaïque montée en or.

87 — Peigne Empire, en écaille, mosaïque et émail.

88 — Porte-crayon en or.

ANCIENNES PORCELAINES

DU JAPON

89 — Deux soupières, vieux Japon, bleu, rouge et or.

90 — Deux saucières, vieux Japon, bleu, rouge et or.

91 — Deux salières, vieux Japon, bleu, rouge et or.

92 — Deux plats ronds, vieux Japon, bleu, rouge et or.

93 — Deux plats octogones.

94 — Soixante-douze assiettes de décors variés.

95 — Trois assiettes à fruits, Chine avec monture en bronze.

96 — Cinq petites assiettes creuses ou raviers.

97 — Huit tasses à café et soucoupes, Chine et Japon.

98 — Six tasses à café, porcelaine de l'Inde et quatre soucoupes.

99 — Une paire de grands vases en Japon bleu.

100 — Une paire de grands vases en faïence.

101 — Une coupe, faïence.

ACCESSOIRES DE COSTUMES

POUR MARQUIS LOUIS XV

Renfermés dans un écrin.

102 — Jolie épée Louis XV, poignée argent et strass.

103 — Jolie épée Louis XV, poignée et garniture argent.

104 — Épée, même époque, poignée en bronze doré avec fusée en porcelaine de Saxe.

105 — Vingt-six boutons d'habit, strass et argent.

106 — Dix-sept boutons de veste, strass et argent.

107 — Une chaîne pour chapeau et une châtelaine pour
breloques, strass.

108 — Trois paires de boucles à souliers en strass.

109 — Deux paires de boucles de jarretières, strass.

110 — Six bagues, Strass.

111 — Une tabatière, cuivre doré.

112 — Une chaîne, cuivre doré.

113 — Canne Louis XV, pommeau en Saxe.

COSTUMES

114 — Costume de *marquis Louis XV*, velours vert,
richement brodé de pierres et paillettes : habit, veste,
culotte.

115 — Costume de *Pasquin*, velours violet, brodé et pail-
letté ; habit, veste, culotte.

116 — Costume de *Figaro*. Velours grenat soutaché,
soie orange, habit, veste, culotte, résille, ceinture,
chapeau bas.

117 — Costume de *Sganarelle*, en pékin, soie blanche
à raies cerises : veste, culotte, manteau, toque.

118 — Robe de chambre, cachemire, fond blanc à
palmes.

119 — Robe de chambre, lampas vert et blanc, doublure
en soie ponceau.

120 — Habillement en velours noir, habit : veste, gilet pantalon.

121 — Costume *marquis de la Seiglière* : habit, veste, culotte et guêtres.

122 — Costume *Louis XV*, en soie noire habit, : veste, culotte, bas.

TOILETTES ET COSTUMES
DE FEMME

123 — Robe de bal, faille blanche, garnie de rouleaux en satin blanc.

124 — Robe de bal, faille blanche brodée or et noir à deux corsages.

125 — Robe de bal, faille rose et blanche, garnie de velours noir.

126 — Robe de bal, faille blanche garnie, crêpe lisse et dentelle noire.

127 — Robe en moire blanche garnie velours bleu.

128 — Robe en faille havane, corsage et garnitures velours, même nuance.

129 — Robe en faille blanche à pois cerise, garnie satin et ceinture satin cerise.

130 — Robe en faille mauve, festonnée blanc.

131 — Robe en faille et popeline havane, garnie, parsementerie.

132 — Robe en moire grise à bouquets, garnie franges chenille.

133 — Robe en faille blanche, brochée bleu.

134 — Robe en grenadine blanche, brodée orange.

135 — Costume Louis XV, moire grise à bouquets.

136 — Les deux costumes de *Suzanne de Figaro* : l'un en satin blanc, court filet chenille, grande ceinture, résille en chenille ; l'autre en faille rose à queue Louis XVI.

137 — Un costume vivandière de zouave.

138 — Un burnous de Tunis.

139 — Ombrelle recouverte en chantilly.

140 — Un châle application.

141 — Deux coupes velours de Gênes, par cinq mètres.

142 — Sept mètres soie brochée, bouton d'or.

MEUBLES ET OBJETS VARIÉS

143 — Belle commode de l'époque Louis XV, de forme élégante et de petite dimension, en bois rose et marqueterie, garnie de cuivres ciselés et dorés.

144 — Grande et belle pendule hollandaise, à cage, richement marquetée.

145 — Un cartel Louis **XV**, en bronze rocaille surmonté d'une statuette.

146 — Meuble Louis **XVI**, en bois doré, recouvert en soie cerise brochée, composé de : un canapé, quatre chaises, deux fauteuils.

147 — Grand paravent en laque, décor à personnages, or sur fond noir.

148 — Garniture de lit en velours grenat avec bandes en tapisserie, vieux point de Hongrie.

149 — Grande couverture en fourrure.

150 — Fusil de chasse à deux coups, de Caron.

151 — Cantine à thé en laque du Japon.

152 — Livres : collection de l'Illustration, reliée ; le Monde illustré, la Revue Britannique, la Bible, etc.